W0208477

dtv

Thomas Müller ist der Teddybär der Familie Wortmann und führt ein aufregendes Leben. Einmal geht er beim Weihnachtseinkauf in der Stadt verloren. Zu allem Unglück taucht auch noch diese gefährlich aussehende Katze auf ... Ein anderes Mal lernt er Momps kennen, den Zirkusbären, der mit dem Fahrrad nach Sibirien will – und Thomas Müller soll mitkommen!
Zwei herzerwärmende Weihnachtsgeschichten über Hoffnung und Freundschaft, frierende Teddybären und hilfsbereite Wanderkatzen – für Jung und Alt.

*Karen Duve*, geboren 1961 in Hamburg, lebt mit ihrer englischen Bulldogge, zwei Hühnern und einem Maultier auf dem Land bei Brunsbüttel. Für ihr Werk wurde sie mehrfach ausgezeichnet. Zuletzt erschien ihr Roman ›Taxi‹ (2008).

Karen Duve

# Weihnachten mit Thomas Müller

# Thomas Müller und der Zirkusbär

Mit Illustrationen von Petra Kolitsch

Deutscher Taschenbuch Verlag

Im Text ungekürzte Ausgabe
Oktober 2009
Deutscher Taschenbuch Verlag GmbH & Co. KG,
München
www.dtv.de

Umschlagkonzept: Balk & Brumshagen
Umschlagillustration: Petra Kolitsch
Gesetzt aus der Garamond 13/16'
Gesamtherstellung: Druckerei C. H. Beck, Nördlingen
Gedruckt auf säurefreiem, chlorfrei gebleichtem Papier
Printed in Germany · ISBN 978-3-423-25300-0

# Weihnachten
# mit Thomas Müller

Ein Stern fiel vom Himmel, und niemand sah es außer einem Bären und einer Katze. Sie saßen auf dem Rand eines Brunnens, der vor dem Burger-King-Laden in der Hamburger Mönckebergstraße stand. Der Burger King hatte bereits geschlossen, weil Heiligabend war.

Der Bär hieß Thomas Müller und war kein richtiger Bär, bloß ein Stoffbär – noch dazu ein ramponiertes Exemplar, das um die Ohren herum reichlich abgeliebt und abgewetzt aussah. Als er die Sternschnuppe entdeckte, wünschte er sich, dass jemand kommen und ihn holen solle, denn er war ein verloren gegangener Bär. Er war mit der Familie Wortmann in einem Ford Kombi in die Stadt gefahren, mit Herrn Wortmann und Frau Wortmann und Marc Wortmann, der zwar erst sechs Jahre alt, aber trotzdem der Hauptverantwortliche für den Stoffbären war. Familie Wortmann kaufte alle

Weihnachtsgeschenke immer erst auf den allerletzten Drücker. Sie mochten das, wenn es in den Geschäften richtig voll und hektisch war. Zuletzt waren sie ins Spiel- und Sporthaus Karstadt gegangen. Marc Wortmann hatte Thomas Müller unter den Arm geklemmt und irgendwann – vermutlich als Marc Wortmann die Turnschuhe mit dem integrierten Diskolicht entdeckte – hatte er ihn fallen lassen und vergessen. So etwas kommt vor.

Der Bär hatte versucht, die Familie wieder einzuholen, aber er war schlecht zu Fuß, und nachdem er eine Stunde lang durch die Mönckebergstraße geirrt war, ging er zum Taxistand und stieg in ein Taxi, auf dessen Kofferraum die Forderung TODESSTRAFE FÜR TAXIMÖRDER klebte.

»Servus«, sagte Thomas Müller zu dem Taxifahrer, »wären Sie wohl so freundlich, mich nach Hanstedt zu fahren, und zwar in die Dasselstraße 32, und auch für mich zu läuten? Ich reiche nämlich nicht bis an den Klingelknopf.«

Der Taxifahrer drehte sich zu ihm um. Er hatte ein Gesicht wie aus einer Gemüsekiste.

»Das is' 'ne Ferntour. Bei Ferntouren kassier ich immer im Voraus.«

»Oh«, sagte Thomas Müller, denn er hatte nicht damit gerechnet, dass er für eine Taxifahrt bezahlen müsste. Er bekam bloß zwanzig Cent Taschengeld im Monat, und die steckte er immer in sein Sparschwein, weil er keine Kleider trug und in seinem Fell keine Taschen waren. »Könnten Sie mich nicht ausnahmsweise umsonst fahren?«

»Was«, schrie der Taxifahrer. »Du hast gar kein Geld und willst mit mir nach Hanstedt?« Er sprang aus seinem Auto und trommelte die anderen Taxifahrer, die hinter ihm gewartet hatten, zusammen. Gemeinsam zerrten sie Thomas Müller aus dem Auto und verpassten ihm eine Abreibung. Zum Schluss gab ihm einer noch einen Tritt, dass er im hohen Bogen in den Brunnen neben dem Taxiplatz flog.

»Der macht bestimmt nie wieder Zahlungsschwierigkeiten«, sagten sie und lachten so böse, wie nur Taxifahrer böse lachen können. Der Bär konnte zum Glück schwimmen und zog sich wieder aus dem Brunnen heraus, wo er erst einmal erschöpft sitzen blieb. Aber es war sehr kalt, sein Fell war nass und wurde erst filzig, dann bildeten sich kleine Eiszapfen darin, und er fror am Brunnenrand fest. Es war ihm zu peinlich, jemanden um Hilfe zu bitten, weil alle Leute so beschäftigt und genervt aussahen, und darum saß er immer noch festgefroren auf dem Brunnenrand, als die Kaufhäuser dicht machten und die Taxis weggefahren waren und alle Leute nach Hause gegangen waren, um Spekulatius zu essen und die letzten Geschenke einzupacken, falls die nicht schon von den Verkäuferinnen von Douglas eingepackt worden waren, die das ja viel besser können.

Zu allem Überfluss hatte Thomas Müller auch noch Wasser in die Ohren bekommen und hörte schlecht und hatte keine Finger, mit denen er sich hätte in den Ohren bohren können.

Dann, als der Himmel richtig dunkel wurde, war diese ziemlich gefährlich aussehende Katze aufgetaucht.

Es war eine Wanderkatze, und sie setzte sich einen Meter von Thomas Müller entfernt auf den Brunnenrand und starrte ihn aus phosphoreszierenden Augen an. Der Bär dachte, dass die Katze auf gar keinen Fall merken dürfe, dass er festgefroren und hilflos war, und darum schlenkerte er mit den Beinen und pfiff sich eins. Dann räusperte er sich und sagte: »Ein nettes Plätzchen hier, nicht wahr? Und so bequem.«

Die Katze antwortete nicht und starrte ihn bloß weiter an. So saßen sie wieder eine Weile, Thomas Müller pfiff ab und zu, und dann fiel der Stern vom Himmel.

»Was hast du dir gewünscht?«, fragte Thomas Müller, nachdem er seinen Wunsch getan hatte. »Wenn man eine Sternschnuppe sieht, kann man sich nämlich etwas wünschen.«

»Firlefanz«, fauchte die Katze, »was du da eben gesehen hast, war ein Meteorit, der in der Erdatmosphäre verglüht ist. Vielleicht war es auch nur ein Stück von einem Meteoriten. Jedenfalls gehen deswegen keine Wünsche in Erfüllung.«

»Ach so! Wie klug du bist«, sagte der Bär und war froh, dass die Katze endlich gesprochen hatte, und dachte: Was mag das bloß sein – Erdatmosphäre und Meteorit.

»Ich heiße übrigens Thomas Müller«, fuhr er fort, bemüht, das Gespräch nicht abbrechen zu lassen.

»Das passt! Genauso siehst du aus«, sagte die Katze.

»Wie heißt du denn?«

»Mein Alltagsname oder mein Geheimname?«, fragte die Wanderkatze zurück.

»Hast du denn zwei Namen?«

»Jedes Tier hat zwei Namen.«

»Ich auch?«, fragte Thomas Müller.

»Selbstverständlich.«

»Und wie ist mein Geheimname?«

»Das musst du selbst herausfinden«, sagte die Wanderkatze. Thomas Müller sah auf seine filzigen Füße mit den Eiszapfen daran. Dann sagte er: »Ich glaube, mit Geheimnamen heiße ich auch Thomas Müller.«

Sie schwiegen wieder eine Weile, bis der Bär die Katze noch einmal fragte: »Wie ist denn jetzt dein Name?«

»Nenn mich Panther. Panther, Kaiser über alle Wanderkatzen.«

»Oh, Sandra Kaiser, das ist aber ein schöner Name«, sagte Thomas Müller, der immer noch Wasser in den Ohren hatte.

Die Katze seufzte, fand es aber unter ihrer Würde, das Missverständnis aufzuklären. »Warum sitzt du hier eigentlich?«, fragte sie.

»Ich bin verloren gegangen. Aus Versehen. So etwas kann schon mal passieren. Aber bald kommt jemand, um mich zu holen. Du wirst sehen, es dauert nicht mehr lange.«

»Wie lange sitzt du denn schon hier?«

»Fünf Stunden«, sagte Thomas Müller.

Eine Träne lief über seine Plüschnase, blieb kurz an seiner Nase hängen und fiel auf seinen Fuß. Dann begannen seine Lippen zu beben, sein Maul zog sich in die Breite, und er schluchzte heftig los. »Und außerdem bin ich festgefroren«, presste er heraus.

»Du brauchst nicht zu weinen, bloß weil deine Leute nichts mehr von dir wissen wollen«, sagte Sandra Kaiser, »du kannst mit mir kommen.«

Sie wetzte die rechte Zeigekralle am

Brunnenrand, bedeutete dem Bären, dass er sich vorbeugen solle, und dann sägte sie sein Fell an den Stellen ab, an denen es angefroren war.

Thomas Müller sprang zu Boden. Er schnüffelte.

»Vielleicht holen sie mich morgen.«

»Niemals«, sagte Sandra Kaiser, »die sitzen jetzt vergnügt unterm Weihnachtsbaum und packen Geschenke aus und denken nicht mal an dich. Vermutlich haben sie gleich einen neuen Stoffbären gekauft, als sie gemerkt haben, dass du verloren gegangen bist. Einen mit Brummstimme und Klingel in der Pfote und ganz weichem Fell.«

»Ich will nach Hause«, schrie Thomas Müller und schluchzte immer heftiger, »hier ist es so dunkel und so kalt, und außerdem bin ich gewohnt, regelmäßig alle zwei Stunden etwas zu essen. Brötchen mit Schokoladenflocken zum Beispiel oder Gewürzgurken.«

»Wo wohnst du denn?«, fragte die Katze. »Wenn es nicht zu weit ist, werde ich dich nach Hause bringen. Weißt du noch, aus welcher Richtung ihr gekommen seid?«

»Ich glaube, wir sind von rechts gekommen«, sagte der Bär, »aber vielleicht sind wir auch von links gekommen. Ist das wichtig?«

»Wie man's nimmt; wenn wir in die falsche Richtung gehen, dann müssen wir erst einmal rund um die Erde laufen, bevor wir zu dir nach Hause kommen.«

»Ist das weit?«

»Nicht sehr. Wenn wir bei den Chinesen sind, haben wir schon den halben Weg geschafft.«

»Das ist gut«, sagte Thomas Müller.

Sie marschierten los. Ein eisiger Wind pfiff ihnen entgegen. Als sie die Elbbrücken erreichten, fing es an zu schneien. Sie stemmten sich gegen Schnee und Wind, sträubten ihr Fell und kniffen die Augen zusammen. Es schneite immer heftiger, Luftwirbel heulten unheimlich in den dunklen Brückenbögen.

»Ich kann nicht mehr«, sagte Thomas Müller, »meine Pfoten sind schon ganz durchgewetzt. Gleich kommt Holzwolle raus. Ich bin völlig fertig.«

»Wer jammert, hat noch Reserven«, sagte Sandra Kaiser und ging einfach weiter.

Plötzlich tauchten zwei einsame Scheinwerfer auf und blendeten den Bären und die Katze. Ein Auto hielt neben ihnen, und ein junger Mann beugte sich aus dem Fenster und sagte:

»Wir fahren in die Stadt. Sollen wir euch mitnehmen?«

»Ja«, sagte Thomas Müller, »ich will nach Hanstedt.«

Der Mann zog seinen Kopf wieder zurück und beriet sich kurz mit der Frau, die am Steuer saß. Dann beugte er sich wieder raus und sagte:

»Da kommen wir zwar gerade her, aber wir drehen eben wieder um und fahren euch schnell hin.«

Er machte die hintere Tür auf, wo zwei Mädchen saßen, von denen das kleinere dick wie eine Made war. Thomas Müller und Sandra Kaiser stiegen ein und bedankten sich.

»Ich bin Ulrike«, sagte die Fahrerin, »und das ist Oskar.«

»Ich bin ich«, sagte das ältere der Mädchen, »und der heißt gar nicht Oskar, sondern Olli.«

Das Madenkind schlief und sagte gar nichts.

»Dasselstraße 32«, sagte der Stoffbär, »aber ich sag's gleich, dass ich kein Geld hab.«

Oskar und Ulrike sahen sich erstaunt an.

»Achtet einfach nicht auf ihn«, sagte die Katze, »mein Kumpel hatte einen ziemlich schweren Tag.«

Im Wagen war es mollig warm, und sie wurden schläfrig und dösten vor sich hin, bis Ulrike sich umdrehte und sagte:

»Aufwachen, wir sind da.«

Sie bedankten sich artig und stiegen aus, und Oskar und Ulrike fuhren mit dem Madenkind und dem großen Kind wieder Richtung Stadt.

»Na gut, hier trennen sich dann also unsere Wege«, sagte Sandra Kaiser und sah sehr dünn, sehr grau und sehr einsam aus.

»Ich dachte, du kommst mit rein. Auf einen Kaffee oder so«, sagte der Bär.

»Nein, das geht nicht«, sagte die Katze, »schließlich bin ich eine Wanderkatze, schließlich bin ich Panther, der Kaiser aller Wanderkatzen. So ein Name verpflichtet.«

»Versteh ich nicht«, sagte Thomas Müller, dem das Wasser im Ohr immer noch zu schaffen machte, »warum sollst du nicht mit hier wohnen können, bloß weil du Sandra Kaiser heißt?«

In diesem Augenblick ging die Haustür auf, und Frau Wortmann kam heraus.

»Seht nur, Thomas Müller ist wieder da«, rief sie. »Ich habe es doch gleich gewusst, als ich die Stimmen gehört habe.«

Jetzt kamen auch Herr Wortmann und Marc Wortmann angerannt und riefen: »Thomas Müller ist wieder da. Thomas Müller ist wieder da.«

»Wir haben uns solche Sorgen gemacht«, sagte Frau Wortmann, »wir haben sogar die Polizei angerufen.«

»Ich habe mir die meisten Sorgen gemacht«, sagte Marc Wortmann und nahm Thomas Müller auf den Arm, »ich wäre nie mehr froh geworden.«

»Habt ihr schon angefangen, die Geschenke auszupacken?«, fragte der Stoffbär.

»Natürlich nicht«, sagte Frau Wortmann, »wir würden nie ohne dich anfangen.«

Jetzt entdeckten sie auch die Katze.

»Das ist Sandra Kaiser«, stellte der Bär vor, und alle gaben Sandra Kaiser die Hand, und dann gingen sie alle miteinander ins Haus hinein. Frau Wortmann wollte ihnen erst ein heißes Bad einlaufen lassen, aber Thomas Müller sagte, dass er sich kräftig genug fühle, um gleich mit der Bescherung anzufangen.

Thomas Müller, Sandra Kaiser und Marc Wortmann mussten im Kinderzimmer warten, während Herr Wortmann im Wohnzimmer die Kerzen anzündete. Frau Wortmann schlich ihm hinterher und tippte ihm auf die Schulter:

»Wir haben doch gar kein Geschenk für die Wanderkatze. Macht es dir etwas aus, mein Lieber, wenn du dieses Jahr ein Geschenk weniger bekommst und ich es dafür Sandra Kaiser gebe?«

»Aber überhaupt nicht«, sagte Herr Wortmann und gab seiner Frau einen Kuss, »du musst mir nur versprechen, dass es nicht gerade die Socken sind, denn auf die Socken habe ich mich schon so gefreut.«

Als alle Kerzen brannten, läutete Frau Wortmann mit der Glocke, und der Bär, die Katze und Marc Wortmann kamen aus dem Kinderzimmer gelaufen.

»Ist das wirklich und wahrhaftig für mich?«, fragte Sandra Kaiser, als Frau Wortmann ihr ein großes Geschenk in silbernem Glanzpapier in die Pfoten drückte. Dann fuhr sie die Krallen aus und fetzte das Geschenkpapier herunter.

»›Pocahontas‹-Bettwäsche! Das habe ich mir schon immer gewünscht«, rief die Wan-

derkatze und zeigte allen die Bettwäsche mit dem Indianermädchen drauf.

Herr Wortmann war ein bisschen bedrückt, weil er auch sehr gern die ›Pocahontas‹-Bettwäsche bekommen hätte, aber seine Frau flüsterte ihm zu, dass sie nach Weihnachten ja noch einmal in die Stadt fahren und die gleiche Bettwäsche auch für ihn kaufen könnten. Thomas Müller hatte ein Polizeiauto bekommen und ein Schnipp-Schnapp-Spiel. Marc Wortmann hatte die blinkenden Turnschuhe bekommen und fünf Wrestling-Figuren und einen Haufen anderer Sachen. Frau Wortmann hatte einen Kaktus bekommen und einen Werkzeugkoffer, und Herr Wortmann freute sich über Socken und ein Dosenhuhn und die ›Pocahontas‹-Bettwäsche, die demnächst noch dazukommen würde.

Nach dem Geschenkeauspacken setzten sich alle vor den Baum und sangen: »Vom Himmel hoch«, und dann aßen sie Printen und Marzipan und Dominosteine, bis ihnen schlecht wurde. Da gingen sie dann ins Bett. Sandra Kaiser schlief auf dem Sofa. Thomas Müller schlief mit im Bett von Marc Wortmann, weil Marc Wortmann sonst nicht einschlafen konnte.

Als Marc Wortmann eingeschlafen war, stand Thomas Müller noch einmal auf und ging ins Wohnzimmer und krabbelte zu Sandra Kaiser auf das Sofa.

»Darf ich mich an dich schmiegen?«, flüsterte der Bär.

»Meinetwegen«, knurrte die Wanderkatze.

Thomas Müller grub seine Nase in das Fell der Katze und schnüffelte.

»Du riechst so gut.«

»Ah so? Wonach denn?«, fragte Sandra Kaiser.

»Nach Panther«, sagte Thomas Müller und schlief ein.

# Thomas Müller
# und der Zirkusbär

Es war der Morgen des zweiten Weihnachtstages, und die ganze Familie Wortmann hielt sich im Wohnzimmer auf. Jeder hatte sein liebstes Weihnachtsgeschenk dabei.

Frau Wortmann lag in ihre neue Kamelhaardecke gewickelt auf dem Sofa und las in einem Buch über die Wunderwelt der Radiolarien. Herr Wortmann trug den grün und braun gestreiften Pullunder, den seine Frau für ihn gestrickt hatte, und steckte gerade neue Kerzen an den Tannenbaum. Marc Wortmann lag bäuchlings auf einem Sitzsack, der wie ein riesiger Fußball mit zu wenig Luft aussah, und blätterte in einem ›Simpsons‹-Heft. Neben ihm, auf dem Teppich, saß sein Teddy Thomas Müller und zählte Visitenkarten.

Wenn Thomas Müller zählte, ging das so: »Eins … zwei … drei … vier … fünf … sechs … sieben … – viele.«

Wie alle Stoffbären konnte er nur bis sieben zählen.

Thomas Müller sah zu dem Sofa, auf dem Frau Wortmann lag.

»Wie viele Visitenkarten waren es noch einmal?«, fragte der Bär.

»Zwanzig«, sagte Frau Wortmann freundlich, »und auf allen steht das Gleiche. Jetzt lass mich mein Radiolarien-Buch lesen, es ist gerade so spannend.«

»Zwanzig«, wiederholte Thomas Müller andächtig und nickte mehrmals mit dem Kopf.

»Soll ich dir noch mal vorlesen, was draufsteht?«, fragte Marc Wortmann. Er war schon in der zweiten Klasse und konnte ziemlich gut lesen, jedenfalls viel besser als rechnen.

»Ja bitte«, sagte Thomas Müller. »Zuerst das, was ganz oben steht.«

Marc Wortmann ließ sich nach vorne auf den Teppich rutschen, bis nur noch seine Füße auf dem Sitzsack lagen. Er stützte sich auf die Ellbogen, nahm eine der Visitenkarten, die sein Teddy um sich herum verstreut hatte, in die Hand und las ihm die erste Zeile vor:

»Thomas Müller.«

»Das bin ich«, sagte Thomas Müller stolz.

»Sehr richtig«, mischte sich Herr Wortmann ein. »Wenn du jemanden kennenlernst, brauchst du ihm bloß deine Karte zu geben, und er weiß gleich, mit wem er es zu tun hat.«

»Jetzt lies das andere«, drängelte Thomas Müller.

»Wohnt bei Familie Wortmann«, las Marc Wortmann die zweite Zeile vor.

Und dann die dritte: »Dasselstraße 32.«

Und dann die vierte: »Das ist in Hanstedt.«

Thomas Müller sah nachdenklich vor sich hin.

»Und mit Sandra Kaiser«, sagte er plötzlich. »Ich wohn hier doch auch mit Sandra Kaiser. Und das steht gar nicht auf den Visitenkarten.«

Sandra Kaiser war eine Wanderkatze. Wanderkatzen sind eigentlich ständig unterwegs und nirgendwo zu Hause. Aber Sandra Kaiser hatte es sich anders überlegt und wohnte seit einem Jahr bei der Familie Wortmann.

Gerade saß sie auf der Fensterbank, zerfetzte eine Rolle Toilettenpapier und tat, als würde sie nicht hören, dass von ihr die Rede war.

»Das stimmt«, sagte Marc Wortmann, »jetzt müssen wir alle Visitenkarten wegwerfen.«

»Unfug«, sagte Herr Wortmann, »erstens gehört Sandra Kaiser praktisch zur Familie, und zweitens kannst du ihren Namen doch einfach dazuschreiben. Ich leih dir auch meinen Füller. Thomas Müller kann hinterher pusten, damit die Schrift schneller trocknet.«

Marc Wortmann konnte nämlich nicht nur lesen, sondern auch schreiben.

»Ja, bitte, würdest du das tun?«, fragte Thomas Müller bescheiden.

Und da rutschte Marc Wortmann ganz und gar von seinem neuen Sitzsack herunter, nahm den Füller, kniete sich hin und schrieb mit seiner schönsten Schönschreibschrift auf jede Visitenkarte: »mit Sandra Kaiser«.

Der Stoffbär sah ihm zu.

»Ich hab dich lieb«, sagte Thomas Müller.

»Ich dich auch, besonders an den Ohren«, sagte Marc Wortmann.

Das stimmte, deswegen hatte Thomas Müller an den Ohren auch am wenigsten Fell.

»Ich hab dich überall besonders lieb«, sagte Thomas Müller und pustete auf die fertig beschriebenen Visitenkarten.

Sandra Kaiser sprang von der Fensterbank auf den Couchtisch, um ebenfalls einen Blick auf ihren Namen zu werfen.

In diesem Moment rasselte der Wecker. Es war ein Küchenwecker in der Form einer Tomate, der neben dem Sofa stand.

Der Wecker war kein Weihnachtsgeschenk, sondern stand bloß da, damit Frau Wortmann wusste, wann die Gans im Backofen begossen werden musste. Bei Familie Wortmann gab es am zweiten Weihnachtstag nämlich immer Gans zu essen. Mit Kartoffelklößen und mit Erbsen und Wurzeln. Und mit viel Soße.

Frau Wortmann legte einen Fetzen blaugoldenes Geschenkpapier als Lesezeichen in ihr Buch und stand auf.

»Gibt es wieder Eis zum Nachtisch?«, fragte Mark Wortmann.

»Natürlich«, antwortete Frau Wortmann, »mit heißen Himbeeren und Schlagsahne. Wusstet ihr übrigens, dass es 4318 Arten von Radiolarien gibt, die sich über 739 Gattungen, fünfundachtzig Familien, zwanzig Ordnungen und vier Legionen verteilen?«

»Nicht zu fassen«, sagte Herr Wortmann und fügte nach einer Weile geheimnisvoll hinzu: »Ich habe übrigens noch eine Überraschung für heute Nachmittag.«

»Noch ein Eis?«, fragte Thomas Müller.

»Nein«, sagte Herr Wortmann, »ich habe für uns alle Eintrittskarten für den Zirkus. Er heißt ›Zirkus Rantonson‹, und die Vorstellung beginnt um halb drei.«

»Aber um drei kommt der zweite Teil von ›Lederstrumpf‹ im Fernsehen«, rief Thomas Müller.

»Oh, ›Lederstrumpf‹ …«, sagte Marc Wortmann und griff nach der Fernsehzeitung.

Herr Wortmann wurde ganz rot im Gesicht.

»Es muss niemand mit. Ich habe Karten für alle, aber wenn ihr lieber zu Hause bleiben und fernsehen wollt … – das hier ist ein freies Land.«

»Natürlich wollen wir mit – ich jedenfalls«, sagte Frau Wortmann, »ich freu mich schon auf die Pferde mit den Staubwedeln auf dem Kopf. Als kleines Mädchen wollte ich Zirkusreiterin werden. Und dann die Jongleure und die dressierten Pudel. Und die Elefanten!«

»Ich glaube, sie haben überhaupt keine Elefanten«, sagte Herr Wortmann und verschränkte die Arme.

»Und die Tiger und Panther«, sagte Sandra Kaiser und leckte sich die Schnurrhaare.

»Tiger und Panther haben sie auch nicht.«

Herr Wortmann wandte sich ab, sammelte die übriggebliebenen Baumkerzen vom Couchtisch und steckte sie zurück in den Karton.

»Und die Clowns«, rief Frau Wortmann, um ihn aufzumuntern.

»Clowns finde ich doof«, sagte Marc Wortmann und studierte eifrig die Fernsehzeitung. Seine Mutter wandte sich an Thomas Müller:

»Denk nur, wie viel fremde Leute da sein werden und wem du alles eine Visitenkarte geben könntest.«

»Außerdem wird ›Lederstrumpf – zweiter Teil‹ übermorgen noch mal wiederholt«, bemerkte Mark Wortmann, »ich komme doch mit.«

»Dann komme ich auch mit«, rief Thomas Müller.

»Das ist wirklich nett von euch«, sagte Herr Wortmann müde.

Am Nachmittag zogen alle ihre dicken Jacken an, außer Sandra Kaiser und Thomas

Müller, die niemals Kleider trugen, weil sie ja ihr Fell hatten. Thomas Müller band sich eine kleine rote Filztasche um, die Frau Wortmann für ihn genäht und mit weißen Kreuzen bestickt hatte. Darin transportierte er seine Visitenkarten.

Es schneite, als sie aus der Tür traten.

»Das Wetter wird auch immer komischer«, sagte Herr Wortmann, »in meiner Jugend hat es zu Weihnachten immer geregnet.«

Er musste den Schnee von den Scheiben seines Ford Kombi fegen. Dann setzten sie sich alle ins Auto und schnallten sich an, und dann fuhren sie los. Dicke weiße Flocken schwebten durch die Luft, klatschten gegen die Windschutzscheibe und blieben dort liegen, bis die Scheibenwischer sie resolut zur Seite schoben. Langsam rollte der Ford die Straße entlang. Marc Wortmann wischte mit seinem Handschuh über das beschlagene Fenster und sah zusammen mit seinem Teddy und der Wanderkatze hinaus. Der Schnee senkte sich auf rote Häuser und braune Gärten. Viele Schneeflocken ertranken in den großen schwarzen Pfützen oder lösten sich im Matsch auf, aber einige blieben liegen, und wenn es so weiterschneite, konnte man morgen vielleicht rodeln.

Auch das Zirkuszelt hatte schon eine weiße Kappe. Es war auf einer Wiese aufgebaut, neben lauter Wohnwagen. Am Eingang stand ein Mann in einer roten Uniform mit goldenen Knöpfen, der den Besuchern die Eintrittskarten abriss. Sein langer schwarzer Schnurrbart stand in beide Richtungen ab.

»Noch länger als der von Sandra Kaiser«, flüsterte Marc Wortmann.

Herr Wortmann kaufte Popcorn und Limonade für alle und gab jedem seine Eintrittskarte. Als Thomas Müller an dem Kartenabreißer vorbeiging, hielt er ihm nicht nur die Eintrittskarte hin, sondern überreichte ihm auch eine von seinen Visitenkarten. Der Kartenabreißer tippte sich zum Dank dafür an die Schirmmütze.

Im Zelt roch es nach Sägemehl, Popcorn, Ziegenmist und schwitzenden Pferden. Die Plätze der Familie Wortmann befanden sich ganz vorne am Manegenrand. Marc Wortmann setzte Thomas Müller auf die Holzeinfassung, damit er gut sehen konnte, und Sandra Kaiser setzte sich daneben. Nur ein kleines Stück weiter saß das Zirkus-Orchester, das vorerst bloß aus einem Trompeter und einem Schlagzeuger bestand, mit roten Uniformen und goldenen Knöpfen. Als alle Zuschauer Platz genommen hatten, kam der Kartenabreißer, stellte sich zwischen den

Trompeter und das Schlagzeug und hängte sich eine Gitarre um. Das nun vollständige Orchester spielte einen Tusch, und in der Manege erschien der Zirkusdirektor in Frack und Zylinder und mit einer langen Bogenpeitsche in der Hand. Er hieß alle Zuschauer im »Zirkus Rantonson« willkommen und versprach ihnen nie gesehene Wunder und Spektakel.

Dann spielte das Orchester eine Polka, und schon galoppierten fünf weiße Pferde mit schwarzen Federbüscheln auf dem Kopf herein, liefen rechts- und linksherum im Kreis und stellten sich auf die Hinterbeine. Nach den Pferden kam ein Jongleur, der Blumentöpfe und Teller in die Luft warf und ohne hinzusehen wieder auffing. Nach dem Jongleur kam eine Pudeldressur und dann eine Clownnummer.

Es war ein kleiner Zirkus, sie hatten wirklich keine Elefanten und keine Löwen, aber ein Kamel, das rechnen konnte und über ein Hindernis sprang. Dann knickte es die

Beine ein und legte sich auf den Bauch, und nun kam eine gefleckte Ziege in die Manege und sprang zwischen den Höckern hindurch über das Kamel weg.

»Ist das nicht niedlich?«, flüsterte Frau Wortmann.

»Ja«, sagte Thomas Müller, »aber noch besser hat mir gefallen, wie der Jongleur ausgerutscht ist und vier Teller zerbrochen hat.«

Marc Wortmann fand den Clown am besten, der mit einer Kanone quer durch die Manege geschossen worden und in einem Netz gelandet war.

»Solche Clowns sind natürlich nicht doof«, räumte er ein.

Aber als dann Herr Wortmann vom Dompteur in die Manege gebeten wurde und auf dem Kamel reiten musste und beinahe noch heruntergefallen wäre, waren sich Thomas Müller, Marc Wortmann und Sandra Kaiser einig, dass das das Schönste war.

Doch das Allerschönste – jedenfalls nach der Meinung von Thomas Müller – kam erst nach der Pause. Sandra Kaiser, Thomas Müller und die Wortmanns hatten mit neuen Limonadebechern in den Fäusten gerade wieder ihre Plätze eingenommen, da ging das Licht auch schon aus, und das Orchester begann zu spielen.

»Das ist ›Que sera, sera‹ – ein italienisches Lied«, erklärte Herr Wortmann. Ein einzelner Scheinwerfer warf einen Lichtfleck in die Manege, der Zirkusdirektor knallte mit der Peitsche, und dann kam ein Bär auf einem Fahrrad hereingefahren.

»Oh guckt nur, guckt nur, … ein Bär …«, rief Thomas Müller.

Das Scheinwerferlicht folgte stets dem Bären, der zuerst dreimal rund um die Manege radelte und dabei immer wieder auf die große Hupe am Fahrradlenker drückte. Dann knallte der Zirkusdirektor wieder mit der Peitsche, und der Bär begann, Achten und Schlangenlinien zu fahren. Aber das war noch lange nicht alles. Er konnte auch rückwärtsfahren, und er fuhr rückwärts sogar eine Wippe hinauf und auf der anderen Seite wieder herunter. Dann kurvte er im Slalom zwischen einer Reihe Hühnereiern hindurch, ohne ein einziges zu zerbrechen. Zum Schluss machte er einen Kopfstand auf dem Lenker, während das Fahrrad immer weiter und weiter im Kreis fuhr. Thomas Müller klatschte wie wild.

»Er ist ein Bär«, flüsterte er ganz verzückt, »genau wie ich.«

Nach dem Bären traten noch Drahtseilartisten auf, ein weiterer Clown, Schimpansen in karierten Hosen und Kosaken, die mit dem Kopf nach unten von ihren Pferden hingen. Aber Thomas Müller schaute ihnen nur noch halbherzig zu. Er musste die ganze Zeit an den Bären denken, der so hervorragend Fahrrad fahren konnte.

Als Familie Wortmann nach der Vorstellung aus dem Zelt trat, war der Himmel dunkel geworden, überall lag blau schimmernder Schnee, und die ganze Welt sah weich und rund und sehr sauber aus. Herr Wortmann schloss sein Auto auf, holte den Handfeger aus dem Handschuhfach und fegte wieder die Windschutzscheibe frei.

»Kann ich noch mal kurz zu dem Bären laufen?«, fragte Thomas Müller. »Ganz kurz nur. Ich will ihm eine von meinen Visitenkarten geben.«

»Na schön«, sagte Herr Wortmann,

»aber bist du auch sicher, dass nicht gleich im Fernsehen ein wichtiger Film läuft, den du dann verpasst?«

»Nein, bestimmt nicht«, rief Thomas Müller und rannte zu den Wohnwagen, während der Rest der Familie schon einmal ins Auto stieg.

Fünf Minuten später kam Thomas Müller wieder zurück.

»Er heißt Momps«, erzählte er ganz außer Atem, während Marc Wortmann ihn anschnallte, »und er kommt aus Sibirien. Und er kann nicht nur Fahrrad fahren, sondern auch Auto fahren: erster Gang, zweiter Gang, rückwärts einparken, Schleuderkehre ... einfach alles. Wahrscheinlich lernt er nächstes Jahr auch noch fliegen.«

»Das scheint ja wirklich ein vielseitiger Bär zu sein, dein Momps«, sagte Herr Wortmann und fuhr langsam hinter all den anderen Autos her vom Zirkusgelände herunter.

»Ja, ist er auch«, erwiderte Thomas Müller, »und er sitzt in einem Gitterkäfig, weil er so gefährlich ist. Und er mag gerne Gewürzgurken – genau wie ich.«

Sandra Kaiser gähnte.

»Was hat dir denn am besten gefallen?«, fragte Herr Wortmann seine Frau.

»Natürlich wie du auf dem Kamel geritten bist«, sagte Frau Wortmann.

»Ja, das war toll«, riefen Sandra Kaiser und Marc Wortmann durcheinander, »und du hast wirklich überhaupt keine Angst gehabt?«

»Nicht die Bohne«, erwiderte Herr Wortmann, »am liebsten würde ich jeden Abend so einen kleinen erfrischenden Ritt unternehmen.«

»Mein großer Kamelbändiger«, sagte Frau Wortmann und gab ihm einen Kuss auf die Wange.

Unvermittelt beugte Thomas Müller sich vor und fragte klagend:

»Warum habe ich zu Weihnachten kein Fahrrad bekommen?«

»Weil du dir Visitenkarten gewünscht hast«, sagte Herr Wortmann.

»Du hast uns wochenlang damit in den Ohren gelegen, dass du unbedingt Visitenkarten brauchst.«

»Jetzt hätte ich aber gern ein Fahrrad«, sagte Thomas Müller eigensinnig. »Ich könnte Schlangenlinien fahren und rückwärts, und ich könnte Kopfstand auf dem Lenker machen. Wenn ich doch bloß ein Fahrrad hätte.«

»Vielleicht nächste Weihnachten«, schlug Marc Wortmann vor, um seinen Stoffbären zu trösten.

»Dann ist es aber zu spät«, schrie Thomas Müller. Er fing an zu weinen und wollte sich die ganze Rückfahrt über nicht beruhigen.

Als er später am Abend in Marc Wortmanns Bett kletterte, redete er immer noch davon, wie sehr er sich ein Fahrrad wünschte, und beschrieb ausführlich, was er damit alles machen würde. Er hörte erst auf, als er bemerkte, dass Marc Wortmann längst eingeschlafen war.

Am nächsten Morgen schien die Sonne, und der Schnee glitzerte und funkelte.

»Das richtige Wetter zum Rodeln«, sagte Marc Wortmann, als er mit seinem Schlitten vor die Tür trat.

»Oder zum Fahrradfahren«, setzte Thomas Müller hinzu, obwohl das Unsinn war, denn in dem Schnee hätte man gar nicht gut mit einem Fahrrad fahren können. Dann war er aber doch damit einverstanden, dass Marc Wortmann ihn und Sandra Kaiser auf dem Schlitten zum Rodelberg am Pferdehof zog.

Als sie zurückkehrten, hatte der Postbote ein Paket gebracht. Es lag auf dem Couchtisch.

»Tante Gerda hat es geschickt«, sagte Frau Wortmann und holte eine Schere, »ich habe mich schon gewundert, wieso wir diesmal nichts von ihr zu Weihnachten bekommen haben, aber sie hat es wohl zu spät zur Post gebracht.«

»Ein Fahrrad, da ist bestimmt ein Fahrrad drin«, rief Thomas Müller.

»Aber nein«, sagte Frau Wortmann und wog das Paket in der Hand, »dafür ist es viel zu klein und zu leicht.«

»Ich bin doch auch klein«, rief Thomas Müller, »bestimmt ist ein ganz kleines Fahrrad im Paket, eines, das genau zu mir passt.«

Seufzend schnitt Frau Wortmann die Klebestreifen auf, hob den Deckel des Kartons ab und schob das Seidenpapier zur Seite. Im Karton lagen ein Sack Walnüsse und zwei Paar gehäkelte Topflappen – orange und grün mit weißem Rand.

»So olle, hässliche Topflappen«, rief Thomas Müller enttäuscht.

»Also ich finde die Topflappen sehr hübsch und werde sie jeden Tag benutzen«, sagte Frau Wortmann.

»Das sagst du bloß so, du findest sie überhaupt nicht hübsch«, schrie Thomas Müller und versteckte sich unter dem Tisch.

»Im Moment ist mein Bär ein bisschen schwierig, ihr müsst besonders nett zu ihm sein«, sagte Marc Wortmann und kroch Thomas Müller hinterher, um ihn zu trösten. Aber Thomas Müller wollte nicht getröstet werden. Er wollte auch nicht hören, was Tante Gerda geschrieben hatte, und er wollte nicht zum Essen kommen. Er wollte nicht einmal, dass jemand ihm vorlas, was auf seinen Visitenkarten stand. Schließlich gab Marc Wortmann es auf und spielte stattdessen mit Sandra Kaiser und Herrn Wortmann Monopoly. Frau Wortmann lag wieder mit ihrem Buch über die Wunderwelt der Radiolarien auf dem Sofa. Jedes Mal, wenn sie auf eine besonders interessante Stelle stieß, las sie sie den anderen vor.

»Denkt euch nur«, sagte Frau Wortmann, »die Radiolarien können ihr Skelett wie einen Regenschirm aufspannen. Und dabei sind sie doch äußerst niedrig stehende Wurzelfüßer von der untersten Grenze des Tierreichs.«

Sandra Kaiser gewann beim Monopoly, weil sie gleich am Anfang die Schlossallee und die Parkstraße gekauft hatte und alle vier Bahnhöfe besaß. Am Schluss hatten Marc Wortmann und sein Vater auf sämtlichen Häusern Hypotheken, und Herr Wortmann nannte Sandra Kaiser »einen miesen, fiesen Immobilienhai«.

Während es also über ihm hoch herging, blieb Thomas Müller die ganze Zeit unter dem Tisch sitzen. Und als Marc Wortmann sagte, dass er jetzt ins Bett gehen wolle, weigerte der Stoffbär sich mitzukommen. Schließlich ging Marc Wortmann allein in sein Zimmer, und Sandra Kaiser begab sich auf einen ihrer nächtlichen Streifzüge in den Garten.

»Wir gehen jetzt auch zu Bett«, sagte Frau Wortmann, »sollen wir für dich das

Licht anlassen? Oder schläfst du lieber im Dunkeln?«

»Ist mir egal«, sagte Thomas Müller.

Frau Wortmann knipste das Licht aus und verließ mit Herrn Wortmann das Wohnzimmer. Nachdem Thomas Müller eine Weile allein im Dunkeln gesessen hatte, bekam er plötzlich Hunger. Er krabbelte unter dem Tisch hervor und schlenderte zum Weihnachtsbaum, wo er sich zwei Schokoladenkringel mit Zuckerperlen von den unteren Zweigen pflückte und in den Mund steckte.

Dann kletterte er über Marc Wortmanns Sitzsack aufs Fensterbrett und sah hinaus in den verschneiten Garten, ob er nicht Sandra Kaiser entdecken konnte. Der Mond war aufgegangen, und er sah sie tatsächlich. Sie balancierte auf dem Gartenzaun und redete mit jemandem. Schnell lief Thomas Müller zur Haustür und krabbelte durch die Katzenklappe nach draußen.

Es war Momps! Der Zirkusbär stand vor dem Garten, lehnte sich auf sein Fahrrad und sprach mit Sandra Kaiser.

»Momps«, rief Thomas Müller, aber die Wanderkatze und der Zirkusbär zischten ihn an, dass er leise sein sollte.

»Momps«, flüsterte Thomas Müller.

»Ich bin ausgebrochen und weggelaufen, wahrscheinlich suchen sie mich schon«, sagte Momps. Thomas Müller stellte sich neben ihn und strich mit der Pfote liebevoll über das Fahrrad.

»Ich hatte ja deine Visitenkarte«, sagte Momps, »und da dachte ich: Am besten fahr ich erst mal zu Thomas Müller, um mich zu verproviantieren. Wir Bären müssen schließlich zusammenhalten.«

Er zeigte auf eine leere Apfelsinenkiste, die er auf den Gepäckträger geklemmt hatte.

»Wo willst du denn hin?«, fragte Thomas Müller.

»Nach Sibirien natürlich. Da komm ich doch her. Wahrscheinlich vermissen sie mich dort schrecklich. Wissen nicht, wie sie ohne mich zurechtkommen sollen. Fährst du mit?«

»Du willst mit dem Fahrrad nach Sibirien?«

»Na klar! Hast du was zu essen?«

»Du kannst die Walnüsse von Tante Gerda haben«, sagte Thomas Müller und lief ins Haus.

Er zog das Paket vom Couchtisch auf den Boden herunter und nahm die Topflappen heraus. Stattdessen tat er alle Schokoladenkringel, die er am Tannenbaum erreichen konnte, hinein. Dann schleifte er den Karton hinter sich her in die Küche, wo schon der Tisch für das Frühstück gedeckt war.

Thomas Müller kletterte auf einen Hocker und schmierte drei Leberwurstbrote und drei Brote mit Schokoladenflocken, die er anschließend in Butterbrotpapier einschlug, mit einem Gummiband umwickelte und auf die Schokoladenkringel legte. Er schleifte den vollen Karton zur Haustür. Sandra Kaiser musste ihm helfen, ihn durch die Katzenklappe zu wuchten.

»Ist das alles?«, fragte Momps. »Nicht gerade viel, wenn wir bis nach Sibirien wollen.«

Thomas Müller lief noch einmal in die Küche und kam mit einem kleinen Glas Gewürzgurken und drei Mandarinen wieder.

»Willst du wirklich mit Momps fahren?«, fragte Sandra Kaiser den Stoffbären.

»Natürlich fährt er mit«, sagte Momps, bevor Thomas Müller antworten konnte. »Soll er hier versauern? Er will endlich seine großen wilden Brüder in Sibirien kennenlernen.«

Sandra Kaiser sah Thomas Müller an.

»Vielleicht fahr ich ein Stück mit«, murmelte Thomas Müller, »ich muss ihm doch helfen. Schließlich bin ich auch ein Bär.«

»Und Marc Wortmann?«, sagte Sandra Kaiser. »Was meinst du, was der sich für Sorgen macht, wenn er morgen aufwacht und du bist nicht mehr da?«

»Ich lass ihm eine Visitenkarte da«, sagte Thomas Müller, »ich lege ihm eine von meinen Visitenkarten aufs Kopfkissen, dann weiß er, dass er sich keine Sorgen zu machen braucht.«

Während Thomas Müller abermals durch die Katzenklappe kletterte, verstaute Momps den Karton mit den Nüssen, Mandarinen, Schokoladenkringeln, Broten und Gewürzgurken in seiner Kiste auf dem Gepäckträger.

Als Thomas Müller wieder zurückkam, hob Momps ihn hoch und packte ihn ebenfalls in die Kiste. Sandra Kaiser sprang elegant hinterher und setzte sich neben ihren Freund. Momps kniff ärgerlich die Augen zusammen.

»Das ist eine Sache unter Bären«, knurrte er. »Katzen haben dabei nichts zu suchen. Wir Bären wollen auch mal unter uns sein.«

Sandra Kaiser schaute Thomas Müller an, aber Thomas Müller blickte angestrengt auf den Boden der Apfelsinenkiste, und da sagte Sandra Kaiser bloß: »Aha« und: »Also so ist das«, und stieg bedächtig wieder vom Fahrrad auf den Gartenzaun.

»Ich bin so schnell wie möglich wieder zurück«, murmelte Thomas Müller verlegen. »Du verpasst sicher nichts. Hier in der Apfelsinenkiste ist es ja eigentlich auch furchtbar ungemütlich und kalt.«

»In Sibirien ist es noch viel kälter«, sagte Sandra Kaiser hart, »da kannst du dich gleich schon mal drauf einstellen.«

»So, festhalten«, rief Momps und trat in die Pedale, »auf geht's.«

Thomas Müller schaute zurück und sah, wie Sandra Kaiser immer kleiner und kleiner wurde. Er hob den Arm und winkte ihr zu, aber Sandra Kaiser winkte nicht zurück, und da ließ Thomas Müller seinen Arm auch wieder sinken.

Momps radelte drauflos und sang: »Que sera, sera – what will be, will be.«

Sein Atem dampfte in der kalten Luft.

»Das ist ein italienisches Lied, nicht wahr?«, fragte Thomas Müller.

»Italienisch und englisch«, sagte Momps. »Ich habe doch gleich gemerkt, dass du Sprachgefühl hast. Haben wir Bären wohl alle. Ich zum Beispiel spreche dreiundzwanzig Sprachen, davon achtzehn akzentfrei.«

Sie bogen auf eine unbeleuchtete Landstraße ab. Der Schnee schimmerte im Mondlicht, und bis auf den singenden Momps und das Knirschen der Fahrradreifen war die ganze Welt um sie herum still und verschlafen.

»Woher weißt du, wohin du fahren musst?«, fragte Thomas Müller.

»Ich verlass mich auf meinen Instinkt. Ein guter Instinkt ist besser als jede Straßenkarte. Sibirien liegt Nordnordost.«

Die Landstraße machte einen Knick, und Momps fuhr einfach geradeaus in ein Waldstück. Die Tannen standen so dicht, dass kaum noch Schnee auf dem Weg lag. Es war sehr dunkel, besonders weil Momps kein Licht an seinem Fahrrad hatte. Er hörte auf zu singen und konzentrierte sich auf die Baumwurzeln, die über den Weg wuchsen. Als sie endlich wieder auf eine Straße stießen, überquerte Momps sie und tauchte gleich wieder in den nächsten Wald ein.

»Das ist der kürzeste Weg«, behauptete er. »Außerdem hängen wir damit alle Verfolger ab.«

»Wann machen wir eine Pause?«, fragte Thomas Müller.

»Jetzt«, sagte Momps und zeigte auf einen dunklen Schatten, der sich beim Näherkommen als eine schiefe kleine Hütte entpuppte, die an einem Teich stand.

Momps lehnte sein Fahrrad gegen die Wand, hob Thomas Müller aus der Apfelsinenkiste und rüttelte an der Tür. Sie war verschlossen. Er lehnte sich mit der Schulter dagegen und drückte, bis die Tür aus den Angeln sprang.

»Das dürfen wir nicht«, rief Thomas Müller, »die Hütte gehört jemandem.«

»Ach was«, sagte Momps. »Hütten gehören immer denen, die sie am dringendsten brauchen und sich nicht erwischen lassen. Nun komm schon rein.«

Auf einem Tisch stand eine Petroleumlampe. Momps zog die Schublade auf und fand Streichhölzer. Er steckte die Petroleumlampe an und hängte sie an die Decke. Jetzt konnte man die ganze Hütte überblicken. Außer dem Tisch und zwei Stühlen gab es ein geflicktes Sofa mit einer Wolldecke, einen Papierkorb, einige Eimer und Reusen, zwei Paar grüne Gummistiefel und ein Fischernetz, das auf dem Boden lag. Momps schob das Fahrrad in die Hütte, hängte die Tür wieder ein und stellte den Proviant auf den Tisch. Er verteilte die Leberwurstbrötchen, eins für den Stoffbären und zwei für sich, und legte jeweils noch eine Walnuss dazu.

»Mehr ist für heute nicht drin, wir haben schließlich noch einen langen Weg vor uns. Die Schokoladenbrötchen essen wir morgen zum Frühstück.«

Thomas Müller aß das Leberwurstbrötchen und überließ seine Walnuss dem Zirkusbären, der sie mit den Zähnen knackte.

»Ich schlaf hier – erster ohne Streit!«, rief Momps plötzlich und warf sich rückwärts auf das Sofa. Er wippte ein paarmal auf und ab, um die Sprungfedern zu testen.

»Du kannst auf dem Fischernetz schlafen«, sagte er und löschte die Petroleumlampe. Thomas Müller wickelte sich in das Netz, wühlte sich eine Mulde und schloss die Augen. Er war beinahe schon eingeschlafen, als er plötzlich hochschreckte. In einer Ecke der Hütte knisperte und raschelte es.

»Momps«, flüsterte er. »Momps, hörst du das auch? Was ist das?«

»Ich hör nichts«, sagte Momps. »Lass mich schlafen.«

»Doch«, flüsterte Thomas Müller. »Jetzt schon wieder. Ganz deutlich. Meinst du, das könnten Radiolarien sein?«

»Radio... – was?«, fragte Momps.

»Weißt du denn nicht, was Radiolarien sind?«

»Aber sicher weiß ich, was Radiolarien sind«, sagte Momps entrüstet. »In so alte Fischerhütten nisten sie sich nun mal gern ein. Ich habe sie übrigens gleich gewittert, aber nichts gesagt, um dich nicht zu beunruhigen. Solange ich bei dir bin, musst du keine Angst haben.«

In diesem Moment fiel einer der Gummistiefel um, und Thomas Müller zog das Netz über seinen Kopf.

Momps räusperte sich.

»Wie war das noch gleich: Sind Radiolarien eigentlich sehr groß?«

»Nein ganz klein, aber sie kommen immer in Legionen«, wisperte Thomas Müller unter seinem Netz hervor. »Legionen und Gattungen und manchmal sogar ganze Familien, die keine Ordnung halten wollen. Hörst du das? Jetzt spannen sie ihre Skelett-Regenschirme auf.«

»Tatsächlich?«, sagte Momps und klang ein klein wenig besorgt. »Wenn du dich sehr fürchtest, kannst du bei mir schlafen.«

Schnell lief Thomas Müller zum Sofa hinüber und kuschelte sich an Momps' breite, zottige Schulter. Es raschelte immer noch in den Ecken, aber wenn man neben einem echten großen Zirkusbären lag, klang das längst nicht mehr so bedrohlich.

»Was Marc Wortmann jetzt wohl macht?«,

flüsterte Thomas Müller. »Meinst du, er weint, wenn er merkt, dass ich weg bin?«

»I wo«, sagte Momps, »der ist froh, dass er das Bett endlich mal für sich allein hat.« Und damit schloss er die Augen und schlief ein. Etwas später schlief auch Thomas Müller.

»Du schnarchst«, sagte er am nächsten Morgen zu Momps. »Und wie! Ich bin zweimal davon aufgewacht.«

»Das mache ich absichtlich«, sagte Momps und pulte sich etwas aus den Zähnen. »Damit schüchter ich die Radiolarien ein. Sonst wären sie vielleicht über uns hergefallen.«

Thomas Müller krabbelte vom Sofa herunter und kletterte auf einen Stuhl, um sich ein Schokoladenbrötchen vom Tisch zu holen. Doch als er in den Karton schaute, waren darin nur Krümel und Nussschalen und zerknülltes Butterbrotpapier und die drei Mandarinen. Empört schrie er auf.

»Sie sind weg. Die Schokoladenbrötchen sind weg. Und alles andere auch. Es sind bloß noch die Mandarinen da.«

»Ich war's nicht«, sagte Momps und gähnte.

»Nur noch Mandarinen!«

Anklagend hielt Thomas Müller die drei Früchte hoch.

»Mandarinen sind sehr gesund, wirf doch mal eine her.«

Thomas Müller presste die Mandarinen an sich und sah Momps böse an.

»Was glotzt du so? Ich sag doch, dass ich es nicht war.«

»Wer denn sonst?«, stieß Thomas Müller hervor.

»Aha«, sagte Momps beleidigt, »daher weht der Wind. Du hältst mich für einen

Dieb, ja? Weil ich aus dem Zirkus komme, was? Die aus dem Zirkus, die stehlen ja immer, he? Fehlt Geld, hat jemand den Proviantkorb geplündert – da muss man gar nicht erst lange suchen: Es war natürlich der Zirkusbär. Und ich habe geglaubt, du wärst mein Freund!«

Momps sog mit geschlossenen Augen Luft durch die Nase ein und wandte den Kopf ab.

»So mein ich es ja nicht ...«, sagte Thomas Müller betreten, »... aber es war doch außer uns niemand hier.«

»Niemand hier ...? Und was ist mit den Legionen von Radiolarien? Ich hätte es nicht erwähnt, um dich nicht zu beunruhigen, aber nun muss ich es ja sagen: Während du süß geträumt hast, haben uns die Radiolarien angegriffen. Ich musste die halbe Nacht gegen sie kämpfen. Meinst du, da war noch Zeit, darauf zu achten, ob die anderen Radiolarien inzwischen den Proviant plünderten? Was meinst du, wie hungrig ich jetzt bin, nachdem ich kaum geschlafen habe? Aber das interessiert den Herrn ja nicht. Hauptsache, Herr Müller hat zum Frühstück seine Schokoladenbrötchen.«

»Ich … ich … das wusste ich nicht … es tut mir leid«, stammelte Thomas Müller. »Da, du kannst alle Mandarinen haben.«

»Danke«, sagte Momps und schnappte sich die drei Früchte, die der Stoffbär ihm hinhielt. Er schälte sie langsam und genussvoll und schob sich einen Schnitz nach dem anderen in den Mund, während Thomas Müller hungrig zusah. Dann verstaute Momps den leeren Karton wieder in der Apfelsinenkiste, um ihn bei Gelegenheit mit neuem Proviant aufzufüllen. Thomas Müller sammelte noch schnell die Schalen ein, die Momps auf den Boden geworfen hatte, und tat sie in den Papierkorb. Dabei entdeckte er auch das Gurkenglas. Es stand unter dem Sofa und war ebenfalls leer. Die gefräßigen Radiolarien hatten nichts als das Essigwasser übrig gelassen, in dem ein paar Senfkörner und Dillzweige schwammen.

Als der Zirkusbär das Fahrrad mit Thomas Müller auf dem Gepäckträger aus der Hütte schob, sah der Himmel grau und trübe aus. Es war etwas wärmer geworden, aber auch nasser. Zwischen den Tannen hingen Nebelfetzen. Sie fuhren den ganzen langen Morgen über matschige Wald- und Feldwege voller schmelzendem Schnee, sie fuhren unter einer Autobahn hindurch und über eine andere hinweg, bergauf und bergab.

Momps strampelte sich warm und sang ›Que sera, sera‹, aber Thomas Müller, der die ganze Zeit bloß still in der Apfelsinenkiste saß, fror jämmerlich und fing an zu niesen. Er schnüffelte und wischte sich den Rotz mit der Pfote ab.

»Dass du auch keine Taschentücher mitgenommen hast«, schimpfte Momps, als er es zufällig mitbekam. »Ich frag mich, wie ich mit jemandem wie dir nach Sibirien kommen soll.«

»Vielleicht fahr ich heute Abend sowieso wieder nach Hause«, entgegnete Thomas Müller patzig. »Mir ist kalt, und ich bin hungrig, und außerdem kenne ich niemanden in Sibirien.«

»Nicht doch«, sagte Momps schnell. »Meine Freunde sind auch deine Freunde. Was meinst du, wie die sich freuen, wenn wir da plötzlich auftauchen?«

Gegen Mittag rasteten sie in einem Wartehäuschen an einer Bushaltestelle. Thomas Müller machte Kniebeugen, um wieder warm zu werden.

»Sind wirklich keine Walnüsse mehr übrig?«, fragte Momps und griff nach dem Paket in der Apfelsinenkiste, schüttelte es und hielt es über seinen Kopf. »Ich esse nämlich mächtig gern Nüsse.«

»He«, sagte er, »da steht ja ein Absender auf dem Karton: Gerda Schickedanz, Hammer Landstraße 48 in 20537 Hamburg. Wer ist das?«

»Das ist Tante Gerda«, sagte Thomas Müller lustlos. »Ich habe sie noch nie gesehen, aber sie schickt jedes Jahr ein Paket. Leider ist nie etwas Gescheites drin.«

»Nichts Gescheites?«, schnaubte Momps, »das waren prima Walnüsse, sag ich dir! Und wo ein Beutel Walnüsse ist, da sind auch noch mehr. Wir fahren als nächstes zu Tante Gerda und füllen unseren Proviant auf.«

»Ich dachte, du willst nach Sibirien?«

»Na und? Tante Gerda liegt direkt auf dem Weg. Ich war hier schon mal mit dem Zirkus. Jetzt müssen wir bloß noch durch einen Wald und dann durch den Hafen und den alten Elbtunnel – und schwupps sind wir in Hamburg.«

»Nein«, sagte Thomas Müller, »ich war auch schon einmal in Hamburg, und man muss über die Elbbrücken.«

»Du bist mir ja ein schöner Pfadfinder«, sagte Momps, »wenn ich auf dich höre, landen wir in Honolulu, aber niemals in Sibirien.«

Im Hafen war der Schnee nicht mehr weiß, sondern gelb oder braun und kreuz und quer von Autospuren durchzogen. An einigen Stellen war er sogar fast schwarz. Hässliche Zäune aus Metallgittern oder Wellblech säumten die Straßen. Dahinter stapelten sich blaue, rote und graue Container.

Es hatte wieder angefangen zu schneien, und der Wind pfiff hinter jedem Haus und jeder Lagerhalle hervor und trieb ihnen den Schnee ins Gesicht – keine weißen sanften Flocken, sondern garstige nasse Fetzen, schlimmer noch als Regen.

In einer Sackgasse, an deren Ende riesige Kräne standen, blieb Momps stehen und las, was auf dem Schild einer Bushaltestelle stand.

»Aha«, sagte er, »Kamerunweg. Das ist schon mal nicht schlecht.«

»Doch«, sagte Thomas Müller verzagt, »Kamerunweg ist auch nicht besser als Honolulu. Wir fahren jetzt schon so lange hier rum. Ich dachte, du kennst dich aus. Warum fragen wir nicht den Mann da drüben?«

Er zeigte auf einen Hafenarbeiter mit gelbem Helm, der etwas an einem Containerstapel untersuchte.

»Brauchen wir nicht. Wir sind schon so gut wie da«, sagte Momps. »Da vorne kommt gleich der Elbtunnel. Praktisch sind wir schon da.«

Er stellte sich in die Pedale, um gegen den Wind anzukommen, und radelte denselben Weg zurück, den sie gerade hergefahren waren. Thomas Müller duckte sich hinter seinen Rücken, hielt die Augen halb geschlossen und klapperte mit den Zähnen. Das Fahrrad hopste und bockte auf dem holperigen Straßenpflaster, und der dreckige Schnee spritzte von der Straße hoch bis in die Apfelsinenkiste hinein.

Eine halbe Stunde später hielt Momps an einer besonders ungeschützten Stelle, um ein anderes Straßenschild zu lesen.

»Blumensand«, sagte er mit dem Ausdruck größter Zufriedenheit, »wusste ich's doch. Jetzt ist alles klar. Und du kleiner Angsthase hast befürchtet, wir könnten uns verlaufen haben, haha.«

Thomas Müller nickte ergeben. Er war von oben bis unten nass und dreckig. Ein kleiner Schneehaufen hatte sich zwischen seinen Ohren gesammelt. Abermals drehte

Momps um und radelte drauflos. Noch eine halbe Stunde später hielt er wieder in einer Sackgasse. Diesmal hieß sie Afrikastraße. Auch hier gab es Kräne und Container. Aber am Ende der Straße kam noch ein Weg, der bis ans Hafenbecken führte. Und auf der anderen Seite des Wassers lag Hamburg. Drei Kirchtürme ragten aus dem Schneegestöber.

»Siehst du, wie nah wir sind«, sagte Momps. »Ich hoffe, jetzt hast du endlich genug vom Hafen gesehen. Ich weiß, das ist sehr spannend, wenn man vom Land kommt und dergleichen nicht kennt, aber mehr Zeit können wir wirklich nicht verschwenden. Von jetzt an müssen wir auf dem kürzesten Weg zu Tante Gerda.«

Thomas Müller antwortete nicht, sondern schlotterte bloß und starrte mit glasigen Augen vor sich hin.

Es dauerte noch mehr als eine Stunde, bis Momps den alten Elbtunnel fand. In der schmalen Tunnelröhre war es trocken und beleuchtet, die Wände waren hübsch gekachelt, und der Straßenbelag ganz glatt. Thomas Müller sah an die Decke und stellte sich vor, wie viel Wasser jetzt über ihm war und wie die Fische darin herumschwammen.

»Ha, hier fährt es sich wie von selbst, hier sollte man Rennen veranstalten«, rief Momps und drückte auf seine Hupe, weil ihm das Auto vor ihnen zu langsam fuhr. Das Hupen hallte von den Wänden zurück, und Momps hupte gleich noch mal. Auf der anderen Seite des Tunnels transportierte ein alter knarrender Aufzug sie zusammen mit den Autos wieder ans Tageslicht.

Den Weg zu Tante Gerda fand Momps dann ohne Weiteres, weil in der Nähe der Tunnelausfahrt ein Informationsbüro für Touristen lag. Dort hatte er sich einen Stadtplan geholt und ihn lange und gründlich studiert.

Allerdings fing es auch bereits an, dunkel zu werden, als sie schließlich vor dem Wohnblock mit der Hausnummer 48 standen.

Der Zirkusbär kniff die Augen zusammen, um die unbeleuchteten Namensschilder neben dem Hauseingang zu entziffern.

»Hier steht es: G. Schickedanz – das muss sie sein.«

Momps drückte mit seiner Pfote auf den Klingelknopf und ließ sie eine ganze Weile dort. Es knackte in der Gegensprechanlage, und dann fragte eine sehr hohe und strenge Stimme: »Jaaaa, wer ist da, bitte?«

Momps knuffte Thomas Müller in die Seite. Der Stoffbär hatte die ganze Zeit nichts gesagt, nur ab und zu geniest, aber jetzt, mit der Aussicht auf eine warme Stube und ein paar Brote und vielleicht sogar eine heiße Suppe, belebten sich seine Geister. Er richtete sich in der Apfelsinenkiste auf und beugte sich so weit es ging zur Sprechanlage.

»Ich bin's, Thomas Müller«, rief er.

»Thomas Müller kenne ich nicht«, schnarrte die Stimme, »und um diese Uhrzeit mach ich niemandem mehr auf.«

»Na, hören Sie mal, es ist noch nicht mal vier«, rief Momps.

Es knackte in der Gegensprechanlage, dann war wieder Stille.

Momps drückte erneut auf den Klingelknopf und hielt ihn diesmal noch länger fest.

»Was ist denn noch?«, schnarrte die Stimme erbost.

»Ich bin der Teddy von Marc Wortmann«, schrie Thomas Müller, »ich wohn bei den Wortmanns, Dasselstraße 32, das ist in Hanstedt. Du hast uns Walnüsse und Topflappen geschickt.«

Einen Augenblick war Stille, dann summte die Haustür. Momps stieß sie schnell auf und schob das Fahrrad in den Hausflur. Er stellte es mitten in den Gang, half Thomas Müller, aus der Kiste zu klettern, und dann stiegen der große und der kleine Bär die Treppe hoch.

Am ersten Treppenabsatz war eine Tür geöffnet, aus der jemand seinen Kopf streckte. Oben auf dem Kopf waren lauter kleine, akkurat nebeneinandergelegte braune Löckchen.

»Hallo, Tante Gerda«, sagte Thomas Müller, denn das musste dann ja wohl Tante Gerda sein. Sie trug eine blaue Kittelschürze mit aufgedruckten lila Blumen.

»Und wer ist das?«, rief Tante Gerda und zeigte mit spitzem Finger auf Momps. Momps ging rasch auf sie zu, ergriff ihre Hand und stellte seine große Pfote in die Tür.

»Gestatten: Momps – Equilibrist und ein guter Freund des Hauses.«

Tante Gerda starrte ihn entgeistert an und stolperte rückwärts. Die beiden Bären traten in den Flur. Der Flur war sehr schmal.

Momps passte kaum hinein und riss aus Versehen ein Giraffen-Relief von der Wand. Beinahe hätte er auch noch den Spiegel mit dem Rahmen aus grauen Mosaiksteinchen erwischt.

»Halt, stehen bleiben! Keinen Schritt weiter, bevor ihr eure Füße abgeputzt habt«, rief Tante Gerda, die allmählich ihre Fassung wiedergewann. Sie verschwand hinter einer Tür und kam mit einem großen rosa Handtuch wieder heraus. Sie ergriff eine von Thomas Müllers Hinterpfoten und rubbelte sie ab, dann machte sie mit der anderen dasselbe. Momps streckte ihr sogleich die rechte Hintertatze entgegen. Tante Gerda mühte sich redlich, das verfilzte Fell und die schwieligen Sohlen zu säubern.

»Ah, das tut gut«, sagte Momps, »ich glaube, zwischen der kleinen und der fastkleinen Kralle klebt noch etwas Dreck.«

Tante Gerda ließ sofort seine Tatze los und funkelte ihn an.

»Was wollt ihr hier eigentlich?«, schimpfte sie. »Genügt es nicht, dass ich jedes Jahr ein Päckchen schicke? Warum kann man mich nicht einfach in Ruhe lassen?«

»Wie wäre es mit einem Begrüßungsgetränk?«, sagte Momps.

»Ich habe nichts im Haus. Auf Besuch bin ich nicht eingestellt. Ich lege keinen Wert auf Besuch. Ich möchte ein einsames und ruhiges Leben führen.«

Momps ging zielstrebig in die kleine Küche und öffnete den Kühlschrank: »Ah, Erdbeersaft – lecker!«

»Nicht«, Tante Gerda fuchtelte mit den Händen, »der ist aus dem Reformhaus und schrecklich teuer.«

Momps schob die hellblaue Tür eines Hängeschranks zur Seite und nahm drei Gläser heraus. Mit der Flasche unterm Arm und den Gläsern in den Pfoten marschierte er aus der Küche ins Wohnzimmer. Thomas Müller trottete schniefend hinter ihm her.

»Tretet nicht auf den Läufer. Er ist sehr

schmutzempfindlich«, rief Tante Gerda, rannte noch einmal ins Badezimmer und holte einen Stapel Handtücher, die sie im Wohnzimmer über die Sessel und das Sofa verteilte.

»Euer Fell ist so nass … das geht sonst in die Polster, und dann riecht es hier wochenlang nach nassem Hund.«

»Nassem Bär … – falls überhaupt«, sagte Momps und stellte die Gläser auf den Tisch. »Gibt es was zu knabbern? Walnüsse vielleicht?«

»Walnüsse? Ja, die habe ich tatsächlich«, sagte Tante Gerda verblüfft, öffnete die verschnörkelte Tür eines wuchtigen Schranks und holte einen Sack Walnüsse heraus. Sie schüttete die Nüsse in eine Schale, legte einen Nussknacker dazu und stellte sie auf den Tisch.

Momps, der bereits auf einem Sessel flegelte, griff sich eine Pranke voll und schaufelte sie in seinen Mund. Er knackte ein paarmal mit den Zähnen, dann spie er die Schalen auf den Tisch.

»Das ist Teakholz«, rief Tante Gerda. »Mach da keine Schrammen hinein.«

Sie setzte sich in einen großen blauen Ohrensessel und griff nach einem Strickzeug. Energisch strickte sie ein paar Maschen und beobachtete dabei die Bären. Momps knackte weiter Nüsse und trank zwischendurch Erdbeersaft.

Thomas Müller, der auf dem Sofa saß, versuchte, sich unauffällig Rotz von der Nase zu wischen.

»Das wird sicher was Hübsches«, sagte Momps.

»Ein Schal«, antwortete Tante Gerda kühl, »das sieht man doch.«

»Und so ein leuchtendes Orange«, sagte Momps, »das würde bestimmt gut zu meinem Fell passen.«

Er nahm noch eine Prankevoll Walnüsse und knackte wild mit den Zähnen. Tante Gerda antwortete nicht.

»Für wen ist der Schal?«, fragte er, als er die Schalen wieder auf den Tisch gespuckt hatte.

»Das weiß ich noch nicht. Mal sehen …«, sagte Tante Gerda schon friedlicher. Momps wandte sich jetzt an Thomas Müller.

»Wir bleiben hier, bis der Schal fertig ist. Dann kann deine liebe Tante ihn mir genau anpassen. Ein paar Tage Pause werden uns guttun. Wir können Kräfte sammeln für die lange Fahrt nach Sibirien.«

»Ein paar Tage? Das geht aber nun wirklich nicht …«, rief Tante Gerda ängstlich. »Wo wollt ihr denn schlafen?«

»Ich fahr sowieso nicht mehr nach Sibirien«, sagte Thomas Müller. »Tante Gerda, kannst du nicht zu Hause anrufen und sagen, dass ich bei dir bin und dass Marc Wortmann mich abholen soll?«

»Ja, wissen denn Heinz und Irmgard gar nicht, dass ihr hier seid?«, fragte Tante Gerda erschrocken. Aber bevor Thomas Müller antworten konnte, blaffte Momps ihn an:

»Was heißt das, du fährst nicht mehr nach Sibirien? Und was ist mit deinen wilden großen Brüdern dort? Willst du die alle enttäuschen?«

»Das sind gar nicht meine Brüder«, rief Thomas Müller, »ich kenn die überhaupt nicht. Das sind bloß irgendwelche Bären. Ich hab den ganzen Tag noch nichts gegessen, und ich mag keine Walnüsse, und Marc Wortmann weint, wenn ich weg bin, und außerdem mag ich keine Abenteuer, wenn Sandra Kaiser nicht dabei ist.«

»Ach so ist das«, rief Momps böse. »Erst bettelst du mich an, dass ich dich mit nach Sibirien nehmen soll, und wenn die ersten kleinen Schwierigkeiten auftauchen, wenn es ein bisschen schneit und weht, kneifst du. Ich habe dich auf meinen Gepäckträger gesetzt, als wenn ich an dem Proviant nicht schon genug zu schleppen gehabt hätte, und ich habe dich auf dem Sofa schlafen lassen, obwohl ich mich dann kaum umdrehen konnte …«

»Ist mir egal«, sagte Thomas Müller und nieste. »Ich will wieder nach Hause.«

Momps wurde plötzlich sehr ernst.

»Ich wollte es eigentlich nicht erwähnen, um dich zu schonen«, sagte er vorwurfsvoll, »aber wenn du mir so kommst, muss ich es doch sagen.«

Er machte eine Pause und seufzte tief, um zu zeigen, wie schwer es ihm fiel zu sprechen. Tante Gerda klickerte aufgeregt mit den Stricknadeln und hing an seinen Lippen.

»Hast du dich eigentlich nie gefragt, warum ich aus dem Zirkus weggelaufen bin?«, sagte Momps und starrte Thomas Müller in die Augen. »Warum ich diese glänzende Karriere aufgegeben und alles hingeworfen habe? Mutterseelenallein losgezogen bin, ohne Freunde, ohne Proviant, nur mit meinem alten Fahrrad?«

Thomas Müller schüttelte langsam den Kopf. Tante Gerda ließ das Strickzeug sinken.

»Weil ich geschlagen worden bin«, rief Momps. »Der Zirkusdirektor hat mich geschlagen, mit einem Stock – dieser Hund.«

»Nein«, rief Tante Gerda, »das ist ja entsetzlich.«

»Ja«, sagte Momps finster, »ganz schrecklich. Hast du noch etwas zu trinken?«

Tante Gerda sprang auf und lief in die Küche.

»Und jetzt willst du mich hängenlassen«, sagte Momps zu Thomas Müller. »Du bist der einzige Freund, den ich je hatte. Bär und Bär. Und jetzt willst du nicht einmal mit mir nach Sibirien. Es ist dir egal, ob ich dort vielleicht eine Mutter habe. Die weint vielleicht auch, meine Mutter, nicht nur dein Marc Wortmann!«

Momps lief selber eine Träne aus dem Auge.

»Nicht weinen, ich komme ja mit nach Sibirien«, sagte Thomas Müller unglücklich.

»Ist das wahr? Das ist fein«, sagte Momps, wischte sich die Träne ab und setzte sich im Sessel zurecht.

Tante Gerda kam mit zwei weiteren Flaschen Erdbeersaft herein.

»Sie sind leider nicht gekühlt.«

»Macht nichts«, sagte Momps und hielt ihr sein Glas hin.

Tante Gerda schenkte zuerst ihm ein und dann auch Thomas Müller und sich selbst.

»Ich kannte auch mal einen Bären«, sagte Tante Gerda und errötete. »Als ich noch ein junges Mädchen war. Er wohnte im Wildpark mit anderen Bären zusammen in der Bärengrube. Ich bin da sonntags immer spazieren gegangen. Man konnte Futter aus einem Automaten ziehen. Und der eine Bär hat jedes Mal in die Pfoten geklatscht, damit ich nur ihm etwas zuwerfe.«

»Das war ich«, rief Momps, »ich bin im Wildpark aufgewachsen.«

Er ließ die Unterlippe hängen, machte ein bittendes Gesicht und patschte die Vorderpfoten zusammen.

»Genau so, genau so«, rief Tante Gerda begeistert.

»Ich dachte, du kommst aus Sibirien«, sagte Thomas Müller verwirrt.

»Weil du nie richtig zuhörst«, antwortete Momps böse, »meine Mutter kommt aus Sibirien. Ich selber bin in einem Wildpark aufgewachsen.«

»Natürlich kannst du ein paar Tage hierbleiben«, sagte Tante Gerda, »ich werde für dich kochen, und du kannst auf dem Sofa schlafen. Allerdings habe ich nur Platz für einen.«

»Ja«, sagte Momps sofort, »du kannst

mich pflegen. Und ich bringe dir Kartentricks bei. Und im Sommer machen wir Picknick-Ausflüge. Was meinst du, was wir für einen Spaß haben werden.«

»Heißt das, dass wir jetzt doch nicht mehr nach Sibirien fahren?«, fragte Thomas Müller hoffnungsvoll.

»Vorerst nicht«, sagte Momps und lächelte Tante Gerda zu.

»Dann macht es auch nichts, wenn ich mich jetzt von Marc Wortmann abholen lasse?«

»Lass dich nicht aufhalten«, sagte Momps.

Eine Stunde später klingelte es an der Tür, und Frau Wortmann, Herr Wortmann und Marc Wortmann kamen, um Thomas Müller abzuholen. Sandra Kaiser war nicht mitgekommen, aber das Wohnzimmer war auch so schon sehr voll. Die Wortmanns drängelten sich auf dem Sofa, und Marc Wortmann hielt Thomas Müller auf dem Schoß und streichelte ihn zwischen den Ohren. Tante Gerda stellte Nüsse auf den Tisch und schenkte Erdbeersaft aus.

»Das Leben kann ja so lieb zu einem sein, wenn man es nur lässt«, rief Momps launig und prostete allen zu.

»Und du bist sicher, dass wir dir nicht zu viel werden, Gerda?«, fragte Frau Wortmann besorgt. »Ich weiß doch, dass du keinen Besuch magst.«

»Nein, das macht nichts«, sagte Tante Gerda, »wenn ich mich darauf verlassen kann, dass ihr in einer halben Stunde wieder aufbrecht, macht es mir sogar Spaß, so viel Besuch zu haben. Außerdem hilft Momps mir nachher beim Aufräumen.«

Momps sah etwas erstaunt aus, erwiderte aber nichts.

Alle tranken ihren Erdbeersaft, und Frau Wortmann schaute immer wieder auf ihre Armbanduhr, bis sie plötzlich aufstand und »Jetzt müssen wir aber nach Hause« sagte.

An der Tür fragte Herr Wortmann Tante Gerda flüsternd, ob sie wirklich den großen Bären bei sich wohnen lassen wolle, aber Tante Gerda nickte bloß strahlend. Und als die Wortmanns abfuhren, standen Tante Gerda und Momps am erleuchteten Küchenfenster und winkten ihnen hinterher.

»Wenn die beiden sich vertragen, wärs ein kleines Wunder«, sagte Herr Wortmann. Der Ford Kombi fuhr die Hammer Landstraße herunter. Marc Wortmann hielt seinen Teddy auf dem Schoß.

»Wann schimpft ihr denn mit mir?«, fragte Thomas Müller schließlich.

»Morgen«, sagte Herr Wortmann, »heute bin ich zu froh, dass du wieder da bist.«

»Es tut mir leid. Ich hätte um Erlaubnis fragen sollen«, murmelte Thomas Müller zerknirscht.

»Ja, das hättest du tun sollen«, sagte Frau Wortmann, »aber wenn es dir jetzt schon leidtut, brauchen wir morgen eigentlich auch nicht mehr zu schimpfen.«

»Ich habe mir große Sorgen gemacht«, sagte Marc Wortmann streng und fügte dann hinzu: »Aber jetzt bist du ja wieder da.«

Thomas Müller nieste, und Frau Wortmann drehte sich um, gab ihm ein Taschentuch und legte die Hand auf seine Stirn.

»Du hast Fieber. Dich packen wir sofort in die Badewanne.«

Zu Hause schrubbte Marc Wortmann seinen Stoffbären richtig ab, und als Thomas Müller aus der Wanne stieg, war das Badewasser ganz schmutzig und sein Fell wieder schön sauber. Frau Wortmann wickelte ihn in ein Handtuch und steckte ihn mit einer Wärmflasche ins Bett. Dann holte sie ein Glas heißen Fliederbeersaft und sagte, dass er es ganz austrinken müsse.

»Ist Sandra Kaiser nicht da?«, fragte Thomas Müller.

»Nein«, sagte Frau Wortmann, »ich habe überall nachgeschaut und im Garten gerufen, aber sie lässt sich nicht finden. Möchtest du sonst noch etwas, vielleicht ein paar Gewürzgurken?«

»Die Gewürzgurken haben die Radiolarien gefressen«, sagte Thomas Müller bekümmert. Da scharrte und fauchte es plötzlich unter dem Bett, und Sandra Kaiser kam heraus und sagte:

»Firlefanz, Radiolarien essen überhaupt keine Gewürzgurken, dafür sind sie viel zu klein.«

»Wirklich nicht?«, fragte Thomas Müller

und war sehr froh, Sandra Kaiser zu sehen.

»Nein, das tun sie nicht«, sagte Frau Wortmann und ging aus dem Zimmer.

»Aber Momps hat gesagt, es wären die Radiolarien gewesen.« Thomas Müller sah die Wanderkatze verwirrt an. »Meinst du, er hat mich angelogen? Mit Absicht?«

Sandra Kaiser putzte sich einen Staubfussel aus dem Fell.

Marc Wortmann kam ins Zimmer und hielt eine von Thomas Müllers Visitenkarten in der Hand.

»Soll ich dir noch mal vorlesen, was darauf steht?«, fragte er.

»Ja, bitte«, sagte Thomas Müller, »aber Sandra Kaiser soll auch mit auf dem Bett liegen, weil ich so krank bin.«

Sandra Kaiser sprang aufs Fußende, und Marc Wortman setzte sich auf die Bettkannte und las die erste Zeile der Visitenkarte vor.

»Thomas Müller.«

»Das bin ich«, sagte Thomas Müller. Er kuschelte sich tief ins Kissen. Und während Marc Wortmann weiterlas, wurde ihm ganz warm und behaglich zumute, und er seufzte, machte die Augen zu und schlief ein.